박효신 제 2 창작시집

내 눈에 네가 들어와

박효신

박효신 시인은 충청남도 아산에 거주하고 있습니다. 인향문단에 시를
발표하며 등단하였습니다. 왕성한 시작활동을 통하여 첫 창작시집인 "나의
세상"을 발간하였습니다. 그리고 이제 두번째 시집 "내 눈에 네가 들어와"를
발간합니다.

박효신 제 2 창작시집
내눈에네가들어와

초판1쇄 인쇄ㅣ2020년 2월 15일
초판1쇄 발행ㅣ2020년 2월 15일
펴낸곳ㅣ도서출판 그림책
지은이ㅣ박효신
주 소ㅣ경기도 수원시 영통구 이의동 웰빙타운로 70
전 화ㅣ070-4105-8439
E - mailㅣkhbang21@naver.com
표지디자인ㅣ토마토

박효신 제 2 창작시집

내 눈에 네가 들어와

박효신 제 2 창작시집
"내 눈에 네가 들어와"를 펴내며

오늘도 그날의 풍경을 그리워하며
이곳에 홀로 서서
네가 올 것만 같아
마냥 시간가는 줄 모르고
기다리고 있단다

저 먼 곳 황혼 빛에 젖어
슬픈 얼굴을 하고 있는
노을 좀 보려무나

조금 있으면
아름다운 슬픈 노을도
검푸른 바다에 푹 빠질 거야

노을이 바다에 빠지고 나면
슬픔에 잠겨 방황하는
내 마음을 너는 알고 있기에

우르릉 꽝
파도소리와 함께
슬픔의 눈물을
토해내는구나

시 공부를 따로 배운 적은 없으나 모든 사물이 시어가 되어 내게
로 돌아왔다. 공기. 하늘. 나무. 바람. 바다 그리고 들녘에 솟아나
는 새싹들, 추운 겨울 논두렁에 붉은 빛을 띠며 있는 씀바귀, 이른
봄엔 하얀 냉이꽃… 모두가 시어가 되어 내게로 왔다. 그날부터 눈
에 보이는 대로 차근차근 시를 써내려 왔다.

박효신 시인은 충청남도 아산에 거주하고 있습니다. 인향문단에 시를 발표하며
등단하였습니다. 왕성한 시작활동을 통하여 첫 창작시집인 "나의 세상"을
발간하였습니다. 그리고 이제 두번째 시집 "내 눈에 네가 들어와"를 발간합니다.

박효신 제 2 창작시집
내 눈에 네가 들어와

하늘과 바다……………………12

미륵을 가슴에 품다………………13

술………………15

밤 하늘에 달이 되어 ………………16

그대와 난 찰나였습니다………………18

잠 못 이루는 밤………………19

눈………………20

가을은 겨울로 여행을 떠난다………………21

별이 빛나는 밤에………………22

심장이 터진다………………24

꽃………………25

연분홍 복사꽃처럼………………26

구름과 대화하고 있어요………………28

사랑은 영원하리라………………30

가을………………32

겨울 ………………33

9월의 마지막 날………………34

은행나무야………………35

너랑 나랑………………36

편지………………38

화려한 외출 ………………40

초연………………42

슬픔에 잠겨있다………………43

그리움………………44

그리운 사람………………46

추억·················47

천사가 되리라·················48

봄·················50

그날의 풍경·················52

보랏빛 사랑·················54

엄마의 텃밭·················55

고운 내 님·················56

바람아·················58

한라산 등반·················60

고목·················61

성산 일출봉·················62

달빛에 춤을 추는 바람이여·················63

예쁜 봄날·················64

바다가 올라온다·················66

계절은 흐른다·················67

에메랄드빛에 반한다·················68

가을 나그네·················70

가을하늘·················71

멀고 먼 바다로 향하여·················72

생가(生家)·················73

홍시·················74

이루지 못한 사랑·················75

가라 하네·················76

추억이 되어·················77

봄이 오고 있다·················78

수선화야·················79

산수유·················80

겨울 나그네·················81

언약·················82

술···············83

바람이 운다··················84

꿈속의 향기················86

흐르지 않는 강···············87

공기············88

하얀 꽃잎··············90

유월의 장미···············91

인고의 향··············92

내 인생도 익어간다·················93

이슬············94

파도가 밀려온다···············95

추억만 남기고··············96

넌 누구니···············97

겨울비············98

어쩔 수 없이 너를 사랑하련다··················99

하루가 지나가는 시간···············100

시린 사랑··············102

칠보산 중턱에서············104

꿈············105

금빛 노을 저 하늘에················106

물안개············107

바람의 여정··············108

11월의 하늘··············109

바람과 상사화················110

바람에 우는 갈대 소리··················112

하늘문이 열리려나봐··················113

황혼빛에 젖은 노을··············114

광풍에 바다가 울부짖는다·······················116

달빛이 찻잔 속에 살며시······················118

가을은 피고 지다 ························120

어느 가을날 네 모습을 보며······················121

심술궂은 해님·······················122

만약에·······················124

억새의 사랑 오서산·······················126

연초록 님·······················127

12월의 가을·······················128

어느 가을 날 긴 여행·······················130

마음·······················131

동백꽃 사랑·······················132

달님 별님 바람 되다·······················134

사랑·······················135

내 눈에 네가 들어와·······················136

폰·······················138

해맞이·······················140

쉼표 하나 ·······················141

동백꽃 아줌마·······················142

그림 같은 삶·······················144

어느날 훌쩍 가버린 사랑·······················146

사랑은 어느 날·······················147

품으련다·······················148

박효신 제 2 창작시집

내 눈에 네가 들어와

하늘과 바다

하늘은 너무나 푸르고
흰 구름은
하늘을 떠돌고 있다

푸른 물결
슬픔을 머금고
하얀 눈물만 흘리고 있다

하늘과 바다

단 한 번의 만남을
이루지 못하고
먼발치에 서서
서로가 서로를
그리워하며
바라만 보는 영원한
동반자

미륵을 가슴에 품다

10여 년 전 어느 겨울날 한라산
친구들과 등반을 하게 되었다
백설이 하얗게 온통 산을 덮었다

등산로 길에서 한 발짝만 옆으로 가도
낭떠러지다
눈 속으로 푹 빠지고 만다

우리 일행은 이런 한라산을 즐기며
서서히 한 발자국씩 조심스럽게 옮겼다
이마엔 땀방울이 맺히고 목덜미는
후끈후끈 달아오르기 시작했다

어느덧 정상에 이르렀다
정산에 올라 와보니
산 아래는 구름이 몽실몽실 하얗게 깔리고
구름 위에는 강한 햇볕이 내려쬔다

와… 와… 와…
우리 일행은 감탄사가 저절로
입에서 흘러나와 약속이라도 한 듯
합창을 한다

이때 퉁퉁하고 듬직한 중년의 남자가
뚜벅뚜벅 무거운 발걸음으로
많이 지친 얼굴로

정상에 올라온다

중년의 남자는 흐르는 땀을 손수건으로 대충 닦고
가쁜 숨을 몰아쉰다
난 고개를 돌려 중년의 신사를 바라봤다

순간 가슴이 절절함을 느꼈다
제주도 한라산에서 미륵을 보다니…
내리쬐는 햇살이 그의 머리에 비추니
하늘에서 미륵이 한라산 정산에 내려와
우뚝 서 있는 것이다

그는 분명 미륵이었다
맑은 햇살이 구름 위를 환하게 비출 때
갑자기 먹구름과 바람이 동반하여
어두운 안개가
온 산을 덮기 시작한다

우리 일행은 생각할 여유도 없이
바삐 짐을 챙겨 서둘러 내려온다

어디쯤 왔을까?
오다 보니 미륵이 없어졌다

미륵은 백록담에서
바람과 함께 구름을 타고
머나먼 여정을 떠난 것일까?

술

투명한 너를 너무
사랑하였기에

나도 모르는 사이
두 뺨에 유리알보다
맑은 눈물이 미끄럼 타고
내려온다

목젖은 짜르르 마취
되어 감각이 없으니
한 병이 두 병이요
두 병이 세 병이요

목구멍은 힘든줄
모르고 자꾸
들어오라 하네

두 눈망울은 버거워
자꾸자꾸
앞을 가로막는다

밤 하늘에 달이 되어

사랑하는
마음

가슴에 담아
밤 하늘
달이 되리라

그리움도
사랑도
갈망하는
영혼

달이 되어
너에게
전하련다

그대와 난 찰나였습니다

소리 없이
그대가 찾아온 그날

부푼 가슴으로
설렘 가득한 마음으로

그대가 다가와
속삭인다

그 사람이
허락도 없이
찾아왔다가
허락도 없이
떠나간다

잠 못 이루는 밤

그리움에 잠 못 이루는 밤

엎치락뒤치락
뒹굴뒹굴 하다가
창문을 열고 밖을 바라보니
그대가 몰래 다녀간 자리

하얀 눈 위에
눈물 자국만 남기고
바람 따라 가버렸네

눈

창밖의 세상은
예쁜 함박눈이
소리 없이 흩날리고 있습니다

창밖 세상이 너무 아름답습니다
온 세상 사람들을 환영이라도 하듯이
하늘에서 함박눈이 무리지어 내려오고 있습니다

하늘은 모든 사람들한테 큰 축복을 내려줍니다
거리의 행인들은
평화로운 마음으로 함박눈에 젖어
행복한 미소를 띠고 있습니다

가을은 겨울로 여행을 떠난다

갈바람 타고
돌아온
가을이 떠난다

저 먼 곳에서
동장군
하얀 겨울 앉고
성큼 다가온다

황금 들녘
붉은 산하를
벌거숭이로
만들어 놓고

가을은 겨울로
여행을 떠난다

별이 빛나는 밤에

양강(陽江)의 밤

별이 빛나는
저 높은
밤 하늘 아래

흐르는 물결 타고
춤추는 나는
바람이 되었다

심장이 터진다

붉은 심장이 뛴다
몸속에 흐르는
혈관을 타고

붉은 심장이
눈물 되어

발바닥
끝까지 강렬한
전율을 느끼며
흐른다

팔딱팔딱
맥박 소리
두근두근
심장 터지는 소리
멈추질 않는다

심장 박동소리에
잠에서 일어나
더 이상 잠을
이룰 수가 없는 밤

꽃

한 송이 꽃을
피우기 위해

얼마나
몸부림 쳤을까?

아픈 시련 없이
피는 꽃은
어디에도 없거늘

저 깊고 깊은
땅속에서
무수히 많은
고통을 이겨내며

검은 흙
부둥켜안고
세상 밖으로 나와

신음을 토해 내며
한 송이
꽃을 피운다

연분홍 복사꽃처럼

연분홍 복사꽃처럼
예쁠 때가 있었는데

세월 흐름 속에
모두가 변하고

앞으로 10년 후
나의 모습은 어떨까?

영원하리라
믿었건만

나이 들면
허리도 굽고
다리도 벌어지는데

생각하면
가슴이 아리다

세월의 흐름에
사람은
누구나 퇴색되어 간다

구름과 대화하고 있어요

구름아
넌 어디에서 왔다가
어디로 가니?

바람이 부는대로
정처 없이 흘러
여기까지 왔니?

너의
하얀 깃털에
무슨 사연을 담아
어디를 향하여
가느냐?

사랑은 영원하리라

사랑은 영원하리라 믿었는데
세월이 흘러흘러 가다 보니
모두가 거짓이더라

자연스럽게
사랑을 속삭이던
그대가 없으면
안 될 것 같더니
후회 안 하리라
믿었건만

몇십 년 살다 보니
상처투성이이더라

그냥 사는 길에
사는 것 같다

가을

앙상한 가지 위 나뭇잎 하나
가을 호숫가 붉은 홍조로 물들인다

스산한 바람
새벽 슬픔에 옷깃을 적셔도
가을이 그리울 뿐이다

앙상한 나뭇가지
한 잎마저 떨어져
저 만큼에서
뒹굴며 찢겨도
가을이 좋아라

겨울

마음이 달려간다
저 너머
언덕으로 가는 마음

붙잡아 놓으려
발버둥 친다

붙잡음도 잠시뿐
어느새
겨울이 저 언덕 위에
올라와 있다

9월의 마지막 날

시원한 바람
따사로운 햇볕에
황금빛으로
물든 들녘

바람에 살랑이며
손을 흔든다

연녹색의
긴 손가락
사이로 알알이
사랑 맺어

부끄러워
고개 푹 숙인
그대는
세상에서 가장 아름다운
들꽃이어라

은행나무야

갈바람 타고 내려온
금빛 물결
황금 귀걸이
귀에 걸고

황금빛 드레스
가지가지 마다
휘어 감아
아름다운 자태를
뽐내고 있는
은행나무야

노랑 황금 카펫을
깔아 놓으니 은은한
향기에 취해

행복한 사람들
은행나무
가지가지 마다
추억 새기며
가을을 걷는다

너랑 나랑

구름도 살랑이는
바람을 타고

저 푸른 산속의
이름 모를 산새와 날고

흐르는 강물 은빛 여울에
내 마음을 한가득 싣고

지평선 위에 활짝 핀 꽃도
나비와 함께

고운 그대와 손을 잡고
너랑 나랑
노래하며 춤을 추련다

편지

밤 하늘에 반짝 빛나는
별을 따다 줄 수 있을 만큼
너의 양팔에 이 한 몸 바쳐
날개가 되어 줄 만큼

저 푸른 하늘 싱그러운 공기
모두 모아
너의 심장에 생명을 불어넣어 줄 만큼
널 사랑하였다

네가 내 곁을 떠날 준비 하고 있구나
이젠 독립을 할 때가 된 것 같다

난 너에게 한 통의 편지를 보낸다

떠도는 공기 속에서
너의 향기 놓치지 않으려
편지에 너의 향기를 담는다

우린 헤어짐도 웃으며 할 수 있어
서로가 사랑의 상처 없이
안녕이라고

너의 행복은 영원할 거야
난 이렇게 너에게 편지를 보낸다

화려한 외출

바람도 신선한
가을날

하늘을 날듯 달리는 차에
몸을 싣고
바람 위를 달린다

차 창밖은 짙게 내려앉은
하얀 찬서리에 풀은
쓰러져눕지만

핏기 없는 갈대꽃도
하늘 바람에
힘겹게 흔들리고 있지만

만추의 계절 속으로
그리움은
깊어만 간다

초연

바람에 흔들리는
앙상한 나무

그 가지만
봐도

눈물이 솟구쳐
흐릅니다

슬픔에 잠겨있다

슬픔에 잠겨 있다

두 눈망울은 젖어있다

마음은 항상 허허롭다

왜일까?
부는 바람에게라도
물어보고 싶다

그리움

긴긴 세월 바람결에
너의 얼굴
찰싹찰싹 때리며
지나가니

너의 얼굴
검은 멍에 흔적 남아

잔잔한 수평선
푸른 물결만

바라보며 애타게
기다리는
너의 모습

푸른 물결 타고 와
하얀 눈물만 안겨주는
대답 없는 물거품

곱던 얼굴이
모진 세월에
굴곡으로 얼룩져
세월만 낚고 있다

그리운 사람

아무 것도
할 수가 없다

혹, 내 마음을 알았을까
괜시리 부끄러운 마음

보이지 않는 마음인데
가슴이 콩닥콩닥 뛴다

하루 종일 네가 그리워
아무 것도 할 수가 없다

추억

나란히 나란히
나어릴 적
언니, 동생 그리고 나

추운 겨울에
낮이고 밤이고
이불 하나 덮고 쪼르륵 앉아서

이불이 작아서
발바닥은 덮지 못하고
손을 호호 불어가며
한 손에 고구마를 잡고
또 다른 작은 손으로
동치미 무 한 조각 잡고 먹던
어린 시절

그 맛이 그리워
가끔 동생들하고
옛날을 생각하며
다시 해보는데
옛날 맛은 없다

모두가 이젠 추억이 되었다

천사가 되리라

두 어깨에 날개를 달고
저 푸른 하늘을 날련다

저 넓은 푸른 물결
잔잔한 은빛 여울 타고
사뿐히 거닐련다

이른 아침에 피어오르는
붉은 태양 가슴에 품고
어두운 밤 반짝이는
수많은 별을 벗 삼아

하늘의 천사가 되어
푸른 하늘이 펼쳐져 있는
저 높은 곳을 향하여
날아가련다

봄

봄은 예쁘게
단장하고
찾아온다

봄은 스스로
나를 웃게 한다

긴 겨울에도
봄을 기다리고 있다

봄은 예쁘게
단장하고

사뿐사뿐
낭창낭창
춤을 추듯
걸어온다

아직 겨울이건만
봄은 언제나
마음속에
자리 잡고 있다

그날의 풍경

오늘도
그날의 풍경을 그리워하며
이곳에 홀로 서서
네가 올 것만 같아
마냥 시간 가는 줄 모르고
기다리고 있단다

저 먼 곳 황혼빛에 젖어
슬픈 얼굴을 하고 있는
노을 좀 보려무나

조금 있으면 아름다운 슬픈 노을도
검푸른 바다에 푹 빠질 거야

노을이 바다에 빠지면
깊은 슬픔에 잠길 것을

넌 알고 있기에
우르릉 꽝
굉음 소리와 함께 울부짖는구나

보랏빛 사랑

청보랏빛으로 짙게 물들은
내 마음속에
누가 자리 잡고 있을까요

언제나 내 곁에 머물러 주겠다고
속삭이던 그대가
자리 잡고 있습니다

세월이 지나고 세상의 모든 것이 변한다해도
잊을래야 잊을 수 없는
보랏빛 사랑

엄마의 텃밭

학교 갔다 돌아올 때면 엄마는
대문 밖에 서성이며
우리를 기다리시기를 십수 년

성인이 돼서도
늦은 시간에 집에 안 들어오면
대문 밖에서 까치발로
이제나저제나 애잔한 마음으로 기다리시던
우리 엄마

이젠 엄마 아버지가 머나먼 곳으로 떠나셨는데
내가 엄마가 되어
똑같이 그 길을 걷고 있다

아이들의 텃밭이 되어
가꾸고 보살피며 엄마하고
똑같이 살아가고 있다

삼남매 태어날 때 입던 배냇저고리
세 개를 여태껏 보관하고 있다
이 저고리에
삼신 할머님 혼이 담겨져 있기에
아이들 미래와 건강을 위해 보관하고 있다

엄마가 그러하듯이
나도 엄마가 되어
아이들의 꿈의 텃밭이 되어준다

고운내 님

아침 일찍 일어나
무엇인가 다듬고 만지고 지지고 볶아
맛있고 예쁘게 만들어
한 상 가득 차린다

고운 님 입에 쏘옥
맛있게 먹는 모습 보고파
열심히 예쁘게 만들었다

우리 님 입에 한 입 가득 넣고
맛나게 먹는 모습을 보니
난 더 없이 행복에 빠진다

바람아

피어오르는
아지랑이
사이에
달리는
바람

푸른 들녘에
쉬지 않고
바람은
시린 가슴에
눈물 안겨 놓고

아쉬움만
남긴 채
멀고 먼
여정을 떠난다

한라산 등반

햇살 따스하고 바람 한 점 없는
한라산 중턱

거친 숨 몰아가며
이마엔 땀방울 송골송골 맺히고
한발 두발 힘겹게 옮기다 보니
정상에 이르른다

구름 위에 우뚝 솟은 한라산
휘몰아치는 바람

나도 바람을 타며
한라산의 풍경이 되었다

고목

마음속 꽃도
세월이 지나가니 지더이다

꽃의 화려함도
세월이 지나니 지더이다

꽃으로 수놓았던
수많은 세월도 지나더이다

그런줄만 알았던
고목에 꽃이 활짝 피나이다

성산 일출봉

성산 일출봉아
긴긴 세월 흘러
모두가 변해가는데

넌 변하지 않고
성산 앞바다를
지키고 있구나

수많은 행인들의
발자국마다
눈물이 고여 흐르니

거센 풍랑에
온 바다가 뒤집혀
휘청거리며 울고 있을 때

넌 그 자리에 앉아 토닥토닥 잠재우는구나

달빛에 춤을 추는 바람이여

밤 하늘 잔잔한 바람에
살랑살랑 흔들리는
나무들의 잎사귀 사이로

빼꼼히 훔쳐 보는 달빛에
부끄러워 온 몸 푸른 잎사귀
뒤에 숨는다

물줄기 타고 흐느적흐느적
흔들며 춤을 추는 바람

별님도 달님도 구름 위에 살짝
걸터 앉는다

예쁜 봄날

햇살은 따스하고
순풍은 온 들녘을
예쁜 꽃동산으로
장식한다

여기저기 활짝
피어오르는
연분홍 진달래

방긋 웃으며
나비를 맞이한다

꽃향기에 취한
나비 한 마리
살포시 내려
품속에 안긴다

바다가 올라온다

바다가 올라온다

바다가 술이 취해
벌건 얼굴로 올라온다

검은 하늘은 술에 취해
스르르 침범하는 바다를 가슴으로 품는다

하늘과 바다는 짧은 만남에
여운을 남기고…

계절은 흐른다

따스한
봄바람에 꽁꽁 얼었던
동장군도 물러가고
하얀 눈 스르르 녹는다

버들강아지 피어나
어여쁘게 꼬리를 흔든다

진달래 개나리
꽃망울 터뜨린다

그러다 풀벌레 뚜르르 뚜르르
정겹게 노래하는 여름에 이르른다

아…
가을이 보인다
하얀 뭉게구름 산들산들
부는 바람에 황금들녘
물들고 오곡이 익어간다

산 숲에는 울긋불긋
단풍아가씨 활짝 웃고있다

에메랄드빛에 반한다

잔잔한
에메랄드 빛에
도취되어

에메랄드 빛을 뚫고 들어가
세상 밖으로
나오려 하지 않는다

잔잔한 물속에서
마음도 몸도
평온해 보인다

가을 나그네

선선한 바람결에
발걸음도
마음도
차분해지는 가을날

푸른 하늘
저 높은 곳에
하얀 조각배

나그네 발길
멈추어 쉰다

풀밭에 앉아
이름 모를 풀벌레
노랫소리

무르익어가는
가을날

하얀 미소로
유혹을 하니
나그네 휘청거리며
방황한다

가을하늘

연녹색 사이로
보송보송 초록 털북숭이
바람에 하늘거린다

가냘픈 작은 실다리
바람에 휘청
넘어갈까 봐
조바심 나는구나

뜨거운 햇살 가을바람에
붉은 옷으로 갈아입은
화사한 모습
곱기도 하여라

멀고 먼 바다로 향하여

머나먼 바다 푸른 물결
망망대해 흔들리는 은빛 여울
가로질러 헤쳐 나아가야 살 수 있는 배

수많은 세월
바다와 함께한 세월
때론 거센 풍랑과 춤을 추며
때론 하늘의 내리쬐는 태양과 춤을 추며
때론 부는 바람과 노래를 하며
함께 살아온 배

어느 날은 황홀한 노을빛에 반하여
홍조 띤 바다를 벗어나지 못하고
어둠이 뱃 머리에 내려앉으면
외로운 하얀 눈동자와 마주 앉아
서로가 말없이 바라만 보고 있다

바다를 항해해야 숨 쉬고 살아갈 수 있는 배
배는 이렇게 수십 년을
바다와 하늘과 바람과 함께 생활해 왔다

세월의 흔적이 여기저기 고스란히 남아 있는 배
이제는 바다로 갈 수가 없다

오늘도 바다가 그리워 떠나질 못하고
머나먼 바다를 그리워하며
바라만 보고 있다

생가(生家)

내 생에 태어난 곳
어릴 적 살던 집터
지금은 사라지고 그 자리에 빌딩 만이
빽빽이 들어 차 있고 꿈속에서만 찾는다

어릴 적 살던 그 집이 그리워서 가보면
스칠 듯 지나가는 잡힐 듯 어렴풋이
떠오른 기억들 만이 상상 속에 머문다

홍시

한 여름 뙤약볕에
매끄럽고 부드러운 파아란 얼굴

동그란 얼굴 감싸 안은
시원한 품 속에 얼굴을 묻고
열정을 한가득 실어
사춘기 아가씨
발그레한 얼굴 감추고
시집가는 날

기다리는 새색시
붉어진 얼굴이 수줍어
잎새 뒤에 살짝 숨었구나

이루지 못한 사랑

스쳐 지나가는
바람인 줄 알았는데
내 영혼 속에
살며시 들어와
자리 잡고 있습니다

그대에게 향하는
마음이 너무나 크기에
항상
가슴에 멍울져 있습니다

비가 내리는 날
말 한마디 없이 떠났기에
그대를 생각하면
눈가에 눈물이 그렁그렁하답니다

시간이 흐르면서
내 마음의 눈물은
흐르지 않는 강이 되었습니다

가라 하네

무엇을 갈망하며
애타게 기다리나
혹시나 오시려나

기다림에 지쳐
이젠 체념하고
기다리지 않으련다

이젠 놓아 주련다
보고픈 그리움에
갈망하는 몸부림
모두 내려놓으련다

바람따라 가라하련다
구름따라 가라하련다
흐르는 별에 실어 보내련다
멀리멀리 가라하련다
내 마음에서
멀리 떠나보내련다

추억이 되어

바람결에 떨어져
힘없이 뒹구는
낙엽들

애절한 맘으로
거리마다
널브러져
이리저리 뒹군다

지나가는 행인들의
발아래에서 찢겨
울부짖는다

낙엽은 찢기고
발버둥 치지만
지나가는 행인들은
낙엽의 소리에
추억을 담는다

봄이 오고 있다

남쪽에서부터
봄이 시작된다고 한다

벌써 꽃망울이
올라와 봄을 알린다

계곡에서 졸졸 흘러내리는 물
작은 마을 실개천까지 이른다

버들강아지 솜털 보송보송
반짝 추켜세워 졸졸 흐르는
시냇물 반긴다

이름 모를 새까지 엉성한
나뭇가지에 앉아 지저귄다

어느덧
내 마음에도 봄이 머물고 있다

수선화야

초록 잎 속에 노랑 눈망울
톡톡 터져
화사하게 피어오르는 수선화

달무리 진 밤하늘
은하수 은빛 여울 타고 내려와

초록 손가락 사이에
살짝 내려앉아

방긋 웃으며 수줍은 듯
고개 숙인 수선화

산수유

쓸쓸한 머리가
안타까워

누가 노랑 왕관을 쓰여 주고
가는가 봐

봄의 요정이 황금 왕관을
너의 머리에 씌워주었니?

겨울 나그네

겨울의 끝자락 몸부림에
꽃 몽우리 톡톡 터져
봄처녀 성큼 다가왔는데

무슨 미련에
가다가 되돌아서 왔을까
가는 길
애달퍼서 일까

봄을 시샘하는
하얀 눈꽃 맞으며
아무도 없는 산속을
혼자 걷고 있는
나그네

들고양이 부부 산책하며
내리는 눈꽃을 마중하는가 싶더니
등 돌아서
걸음 재촉하는
나그네 배웅길 나선다

언약

너와 난 손바닥 위에
촛불 하나 밝히고
언약했었지

이 세상 다 할 때까지
어두운 밤하늘이 빛나는 별을
모두 삼켜 버린다 해도

이글이글 타오른 태양을 삼켜버리고
이 세상 어둠으로 물들인다 해도
변치 않으리라고 언약했었지

지금은 그 언약마저 잊었는가

단 한 번의 달콤한 말 한마디
남기지 않고서
머나먼 곳으로 떠났다

인사도 남기지 않고 떠났기에
난 오늘도 내일도 네가 보고 싶어
황량한 마음에 홀로 서서
떠오르는 태양을 바라보며
너의 모습을 그려본다

술

맑은 눈동자에
눈물이 비치기에
입술을 적시고 혀끝을 적시니
목젖이 달아오른다

또 한 모금 적시니
무반응의 영혼이
또 다른 모금을 부르고
또 다른 눈물이
목젖을 지나는 순간부터
온몸에 전율이 흐른다

이 몸은 맑은 눈물에
감전이 되었고
네 사랑에 흠뻑 젖어
마취가 된 채로
신음을 토해낸다

헤어질래야 헤어질 수 없는
맑은 눈물에 비친
눈동자를 그리며
우리의 사랑은
영원하리라 믿어본다

바람이 운다

바람이 운다
휘몰아치는
바람에

추녀에 메달인
치맛자락이
운다

바람이
운다

꿈속의 향기

깊은 산속 홀로 피어난 이름 모를 꽃
찾는 이 없어도
나비들의 노래와 춤은
끊이질 않네

얼음 녹아내린 시냇가에
향내음이 흘러넘치니
외로운 이름 모를 꽃 사이로
한 점의 구름이 지나간다

흐르지 않는 강

그대를 향한
내 마음이 어둡습니다

그리움 가슴속에
파고들어

마음 한구석에
눈물이 고여 강을 이룹니다

이룰 수 없는 것이기에
가슴이
멍울져 저려옵니다

다가갈 수 없기에
그대에게 향하는
내 마음은
흐르지 않는 강이 되었습니다

공기

햇살 가득한 날
따스한 내 가슴 깊이
파고들으렴

바람에
떠도는 차디찬 공기는
두 뺨을 스치며
손으로는
잡을 수 없을 만큼
저만치 가 있구나

차가운 허공에
떠돌지 말고
내 품속으로 들어오렴

뜨거운
내 심장이 설레며
차가운 너의 몸
녹여주련다

하얀 꽃잎

흙으로 물들은 황톳길에
하얀 꽃잎 송송 뿌려
하얀 나비 춤을 추며

꽃잎 위로 사뿐사뿐
거닐다가

종이 울리는
자정이 넘어서도
하얀 꽃잎 위를 걷는다

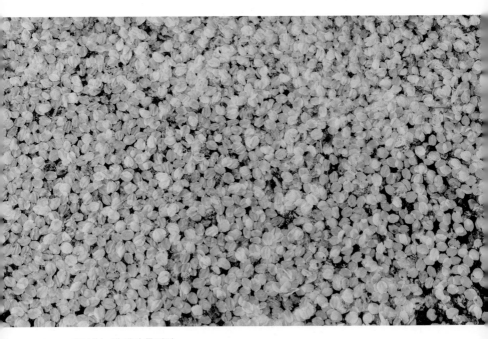

유월의 장미

유월의 파란 하늘
따스한 햇살 등에 지고
어여쁜 처녀 발그레한 얼굴
붉게 피어 올라와
여왕의 위엄을 과시하려
온몸에 가시를 세우는
유월의 장미

유월의 뜨거운 바람에
화려한 꽃잎과 그윽한 향기
바람결에 날려 보내고…

인고의향

인고에 냄새 풀풀 풍기며
이곳에 무엇을 약속하며
열쇠를 꼭꼭 채워놨을까

수많은 사람들이 다녀갔지만
아무도 관심조차 없는 붉은
영혼들

해와 달 바람만이 그들의 마음의
간절함을 알고 있겠지

내 인생도 익어간다

이른 봄엔 들녘과 숲속은
연 초록으로 싹을 틔운다

이윽고 꽃을 피우고
꽃이 지면 파란 열매를 맺는다

바람이 일고 태양이 내리쬐고
비에 흠뻑 젖어
붉은 열매로 둥글둥글 익어가듯
내 인생도 익어간다

이슬

구름도 쉬어가고
산들바람도 쉬어 가는데

그 님은
잠시도 머물지 못하고
잠깐 스쳐 지나가는
이슬

파도가 밀려온다

파도가 쉬지 않고 밀려와
온몸을 강렬하게 애무하며
산산 조각으로 부서진다

그러다가 금방 눈물 흘리며
뒤도 돌아 보지않고
머나먼 바다로 떠나간다

추억만 남기고

봄꽃 향기도
추억이 되고
초록의 향기도
추억이 되어

연두색
그리움도
오색 단풍 되어
갈바람 타고
동장군 품으로

알록달록
색동저고리
갈아입은
수줍은 새색시

추억만 남기고
사뿐사뿐
바람 타고 흘러간다

넌 누구니

넌 누구니?

밤 하늘을 그리워하며
잠 못 이루는
꿈속에 찾아왔니

네가 보고 싶어서
네가 그리워서

검은 눈망울에
맑은 눈물
펑펑 쏟아져

붉은 얼굴에
강을 이룬단다

겨울비

겨울아
넌 왜 추운 겨울에 울고 있니?

울려거든 꽃 피는 춘삼월에
울어야지

겨울에 울면
내가 너무 미안하잖아

겨울은 하얀 눈의
계절이란다

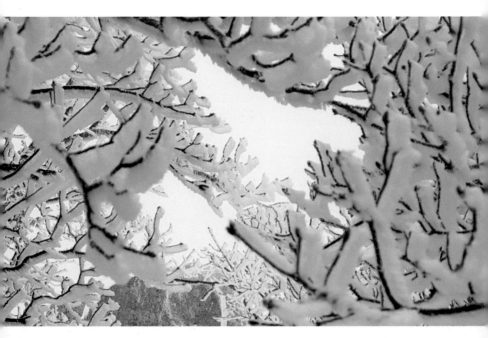

어쩔 수 없이 너를 사랑하련다

이른 아침
부스스한 눈 비벼가며 일어나
작고 하얀 아이하고
키스를 한다

팥알보다 작은 아이
하얀 속살 드러내며 유혹하는 넌
나의 목젖을 타고 들어오면

너의 기운이 온몸에 퍼져
하루 종일 꼼짝 못하게
손발을 묶어 놓는다

거대한 몸뚱어리를
네가 맘대로 이리저리 굴리는
작은 악마의 마법에 걸려
하루 종일 잠에 빠진다

너의 키스에 무기력 해지는 나
어쩔 수 없이 너를 사랑해야 된다면
사랑하리라

운명처럼
나에게 다가온 네가 없으면
고통에서 벗어날 수가 없구나

하루가 지나가는 시간

무엇을 채울 수 없는
마음

하루 종일
사각형
틀에 박혀

생각에 잠기고
고뇌에 빠진다

아무것도
바라지도
않는데

무엇을 채워도
채워지지 않는
이 마음

무성한
세월 속의
늙어감일까!

시린 사랑

내가 생각이 나던가요
그대가 나에게 한 말
거짓이었나요

그 말이 거짓이란 걸
눈치도 없이
진실인 줄 알았어요

이 내 마음
그대는 알고 있는지
묻고 싶어요

시린 가슴 달랠 길도 없으니
이것이 운명
그대를 내 가슴에 묻으리요

그대를
내 깊은 가슴에 묻으리오

칠보산 중턱에서

뿌연 안개
온 산하를 에워 쌓아

이슬방울
솔솔 뿌리며

온몸을
적셔 주니

붉은 무당 버섯
살짝 고개를 든다

서서히
해님이 구름을
헤치며 얼굴을
쏘옥 내밀며

산 중턱에
걸친 안개

해님의
눈동자 속으로
빨려 들어간다

꿈

꿈은
무얼 뜻하고
무얼 말하는 것인가

흔히들
꿈을 향하여 달린다

꿈을 꾸며 살아야 희망이 있다
이렇게들 말하지만

꿈은 여기에 바로
내 삶 자체가
꿈이라 생각한다

앞만 보고 가는 게 아니고
옆도 보고
뒤도 돌아보고 살아가는
생활

이것이
꿈이라고 말하련다

금빛 노을 저 하늘에

해 저문
저 하늘의 석양이
금빛 물결로 물들은 노을

하늘과 바다는
마주 보며

금빛 물결에
청춘이 저물어간다

물안개

저 산 능선 아래 맑은 호수

희뿌연 물 안개 피어오르며
산허리 휘어감아
살랑이는 바람 타고

너울너울 춤을 추며
푸른 산 중턱에
살포시 내려앉는다

바람의 여정

넌 들었니
꽃이 피는 소리를
망사보다 더 얇은 옷 걸치고
춤추는 너의 모습

어쩐 일일까
먼 하늘만 쳐다보며
춤도 추지 않고 있는 너

넌 알고 있는 거야
멀지 않아 갈바람 타고 올 겨울이면
긴긴 여정을 떠나야 한다는 걸
넌 알고 있는 게지

11월의 하늘

파란 도화지에 은빛 꽃망울
하나 둘 예쁘게
몽실몽실 그려 놓으니

바람이 살랑살랑 춤을 추며
연분홍 아가씨 얼굴처럼
몽글몽글 피어난다

푸른 나무는 예쁘게 더 예쁘게
그려 달라고
애교 부리며 다가온다

바람과 상사화

붉은 상사화에 불사르는
바람

폭우가 쏟아지는데
사랑에 그을린
상사화를 품으려
바람이 온다

상사화와 바람은
눈물방울 머금고
서로가 속삭인다

바람에 우는 갈대 소리

싸늘한 강가에 갈대숲의 생명들
세월에 못 이겨 길 떠난다

바람의 소리에 이리저리 흔들며
갈 곳 잃어 방황한다

하얀 갈대꽃에
바람도 의지하며 흩날리는데

세월의 흔적 지우려고
바람과 갈대는 부둥켜안고 울부짖네

칼 바람에 몸서리치며

하늘문이 열리려나봐

잿빛 하늘문이 열리려나

천사가 하늘에서 무리 지어
내려오고 있다

하얀 면사포 머리에 쓰고
하얀 날개옷 입고
춤을 추듯 살포시
앙상한 나뭇가지에 내려앉는다

하얀 꽃 무리로 만들며
가을은 겨울로 여행을 떠난다

황혼빛에 젖은 노을

생동감을 주는
황혼빛

서서히
피어오르는
모습이

나의 온몸에
전율을 느끼며
스며든다

붉은빛으로
선명하게
마음의 빛이 되어

내 마음 너에게
달려간다

광풍에 바다가 울부짖는다

광풍에 금빛 모래 휩쓸고
성난 파도에 바다가 뒤집힌다

거센 물결에
바닷속 크고 작은 물고기
금빛 모래 밭에서
아우성이다

사나운 바람에
해변의 풀들도
세상의 가장 낮은 곳으로
쓰러져 눕는다

나비도 쉴 곳 잃어
여기저기 방황한다

검은 먹구름이 하늘을 뒤덮어
칠흑처럼 캄캄한 낮
광풍에 송두리째 흩날려 쓰러진다

달빛이 찻잔 속에 살며시

가랑비 소리 없이 흩날리며
살며시 초가지붕에 내려앉는다

축축한 가을밤 귀뚜라미
구슬프게 울어 대는데

바람이 대청마루 끝에 걸터 앉으니
얼굴보다 더 고운 달덩이
창살에 기대어 빠끔히
쳐다본다

외로워서, 그리워서 둥근 달도
떠날 줄 모르고
마루에 걸터앉아 쓸쓸한
차 한 잔에
달빛도 찻잔 속에 살며시 스며든다

가을은 피고 지다

가을 하늘은 하얀 꽃이
몽실몽실 피어난다

가을 들녘은 노랑꽃, 빨강꽃
거침없이 활짝 피어난다

허공엔
빨간 고추잠자리
나풀나풀
춤을 춘다

이름 모를 풀벌레들
무리를 지어
구슬프게 울어댄다

거리에 행인들은
예쁘게 피는 낙엽 꽃에
즐거워하지만

지는 가을이
쓸쓸해
고독에 잠긴다

어느 가을날 네 모습을 보며

아팠다! 가슴이 터질 듯 아파서
아픈 가슴 부여안고
바다에 비친 내 모습
그 바닷속에 너의 모습이 보였어
바다 물속에 비친 나의 모습은
고통에서 벗어나질 못했어
나의 모습에 너의 그림자가 분신처럼 따라다녔지
네가 그리워서 네가 보고 싶어서
저 하늘 바라보며 오늘도 너를 그려본다

넌 모르지 그래 아마 모를 거야
잊지 않으련다
방울방울 사라지는 날이 올지라도
널 기억하련다

심술궂은 해님

이른 아침
햇살이 아무 말 없이
보랏빛 커튼 사이로
방안을 훔쳐본다

연 초록 풀잎
간지럼 피우며 깨운다

밤새 이슬방울 머금고
사르르 깨어나는
초록

심술궂은 해님
목이 말랐나
이슬방울 남김없이
모두 삼켜 버린다

만약에

마령하협곡(馬嶺河峽谷)
굽이굽이 오솔길 따라가면

저 높은 곳에서
유리알보다 더 맑은 눈물
산산조각되어

강렬하게 솟구쳐 흐르니
너의 눈물에 온 산하가
눈물로 가득 차 흐른단다

만약에 너의 눈물이 세모였다면
만약에 너의 눈물이 네모였다면

온 산하가 너의 눈물방울에
찢겨 상처투성이일 거야

억새의 사랑 오서산

오서산아
너는 알고 있느냐
높은 산 위에 온통 억새의 울부짖음을

오서산아
너는 알고 있으리라

거대한 너의 몸뚱어리에
억새의 사랑 촘촘히 엮어
널 꼼작 못하게 춤을 추는 모습을

찬서리 하얀 달빛 이슬 되어
만추의 계절 너무 짧아 긴긴 여정 떠나야 하니
슬퍼 울부짖으매
너는 알고 있으리라

연초록 님

연초록님이
쏘옥 언제
오시려나

비가 그치고
눈이 그치면

연초록님이
쏘옥
날 보러 오실 거야

12월의 가을

밤새 내린
찬서리 머금고
빨간 꽃
활짝 피었다

만추의 계절도
바람 따라
가버렸는데

떠날 줄 모르고
추운 겨울날
붉게 피어나
자태 폼 내고 있지만

애잔한 마음
감출 수 없는
붉은 영혼

어느 가을날 긴 여행

햇살 고운 가을날
노오란 국화꽃
유난히 향긋한데

고운 님
등 기대어
손에 손잡고
여행을 떠난다

하늘엔 소담스럽게
목화 꽃 활짝 피어
가슴이 부풀어
올라온다

별이 빛나는 밤하늘
이슬되어
슬픔 한가득 싣고
짙게 내려앉은
가을의 밤

강변에도
만추의 계절 속으로
깊어만 간다

마음

마음아
아무 데나
들어가지 마라

모두가
늪이란다

저 예쁜 곳도
저 포근함도
저 사랑이란
곳도

들어가 보면
모두가 늪

동백꽃 사랑

넌 어이하여
백설을 사모하게
되었느냐

백설이
사랑하기에
혹독한 추위를
견디며 빨갛게
피었느냐

너의 붉은 입술에
백설이 입맞춤하니

너의 입김에
백설은
눈물만 흘리고
길을 떠나는구나

달님 별님 바람 되다

이불 속에서 꾸물꾸물
눈을 뜨고 일어납니다

아직은 어두운 새벽이지만
어김없이 찾아오는
아침입니다

검은 창가엔
외로운 달님도
반짝이는 별님도
스며들지 못하고 있습니다

살짝 실눈으로 창문을 바라보니
이미 하얀 눈이 와 있기에
달님도 별님도 창살에 쉬지 못하고
스쳐 지나가는 바람이 되었습니다

사랑

나비의
화려한 날갯짓

상상의 나래를 활짝 펴
꽃송이에 살짝 내려앉으니

달콤한 사랑에
푹 빠졌나 봐

내 눈에 네가 들어와

내가 너를
사랑한 것도
아닌데

미칠 듯
그리워질
때가 있다

바람의 소리
흩어지는
뭉게구름도
그냥 하늘에
있을 뿐인데

내 눈에 네가
들어와
그리워진다

폰

모두들
폰의 노예가 되어
손가락에 불야성을
이룬다

정연하게 피어오르는
폰 불빛 위에 뽀얀 손가락
춤을 추는데

흥겨운 리듬을 타고
화면속으로 빠져든다

해맞이

부푼 가슴 머리에 이고
찬서리 온몸으로 감싸 안으며
뚜벅뚜벅 발자국 소리에
리듬을 맞추며 춤을 춘다

동녘 끝자락 붉은 여명 높이 오르기를
가슴 설렘으로 기다린다

먼 동녘에 여명이 서서히 올라오기에
저마다 가슴에 부푼 소망 하나씩 이루길 소원하는
사람들

불빛 하나 둘 꺼지며
여명이 빠르게 온 대지에 비추니
모인 사람들 흥겨운 리듬에
하늘의 빛도 영원히 빛나리라

쉼표 하나

바람도
잠시 쉬어 가는
산 능선

소나무 위에 걸친
파란 하늘
그리고 하얀 꽃

쉴 새 없이 흐트러져
정처 없이 흐르고

깊은 산속
고사리 꺾으며

잠시 쉼표 하나 꺼내며
계곡물에

발을 담그고 눈감으니
세월마저 머무른 듯 하구나

구름아
너나 가려무나
나는 여기 좀 쉬어가련다

동백꽃 아줌마

밤새도록 조용히
내린 빗방울
한 방울 한 방울 맞으며

동백꽃 아줌마
옷고름 살며시 풀어놓고

잿빛 하늘 짙게 드리운 날
동백꽃 아줌마 소리 없이
눈물 흘리고 있어요

동백꽃 아줌마
함박눈 내리는 날
하얀 미소 지으며
다시 만나요

그림 같은 삶

빨강 장미꽃
푸른 잎
바람소리에 홍겨워 춤을 추고 있다

세월 따라 당신도 나도
두 눈가에 양 볼에
굴곡진 얼룩만 남아있다

빨강 장미꽃처럼 푸른 잎처럼
예쁜 날도 있으련만
그날이 언제였던가

세월 흐름에 인생도
모두 모두 흘러가고
검은 머리엔
하얀 영산홍 꽃이 활짝 펴 있다

인생도 삶도 이렇게 세월 속에
묻어두고…

어느날 훌쩍 가버린 사랑

팔월의 밤하늘
둥근 달 속에
당신 얼굴
그려보렵니다

어느 날
말없이 훌쩍
가버린 당신

오늘은 왠지
밤하늘
둥근 달이 되어
나를 바라봐줄 것만
같습니다

사랑은 어느 날

잊으려고 눈 감지 말아요
그리우면 그냥 그리워하세요

세월이 물 흐르듯이 흘러가면서
그리움도 보고픔도 모두 잊혀질 겁니다

세월은 나도 모르는 사이에
바람처럼 스쳐지나 가는 것 같아요

그래서 사랑의 느낌을 알았다면
사랑한다고 표현을 해야 되겠지요

먼 훗날 후회하지 않으려면요
노랑 황금빛 은행잎 책갈피에
끼워넣지 않아도

함박눈 내리는 날
기다려주지 않아도
그 사랑이 그리울 겁니다

품으련다

너를 사랑하노라
영혼을 불사르며 사랑하노라

어디로 가야 하나
저 푸른 숲에 가야
너를 만날 수가 있으련가

오늘도 너의 몸에서 내뿜는
향기가 그리워 여기에 왔노라

오늘도 내일도 변함없이
우뚝 서있는 너의 모습이 그리워
너를 사랑하련다

성산 일출봉

– 박효신

성산 일출봉 앞바다에 몸을 던진다

여명이 떠오르는 성산 일출봉

금빛 여울 타고 춤추는 바람이여